martine
et la fête

8 récits illustrés par marcel marlier

Martine à la foire
Martine au cirque
Martine à la fête des fleurs
Martine fait du théâtre
Martine se déguise
Martine et le cadeau d'anniversaire
Martine découvre la musique
Martine, la nuit de Noël

casterman

http://www.casterman.com

D'après les personnages créés par Gilbert Delahaye et Marcel Marlier © Léaucour Création.
ISBN 2-203-10718-9

© *Casterman 1996*
Droits de traduction et de reproduction réservés pour tous pays. Toute reproduction, même partielle, de cet ouvrage est interdite. Une copie ou reproduction par quelque procédé que ce soit, photographie, microfilm, bande magnétique, disque ou autre, constitue une contrefaçon passible des peines prévues par la loi du 11 mars 1957 sur la protection des droits d'auteur.

martine
à la foire

GILBERT DELAHAYE - MARCEL MARLIER

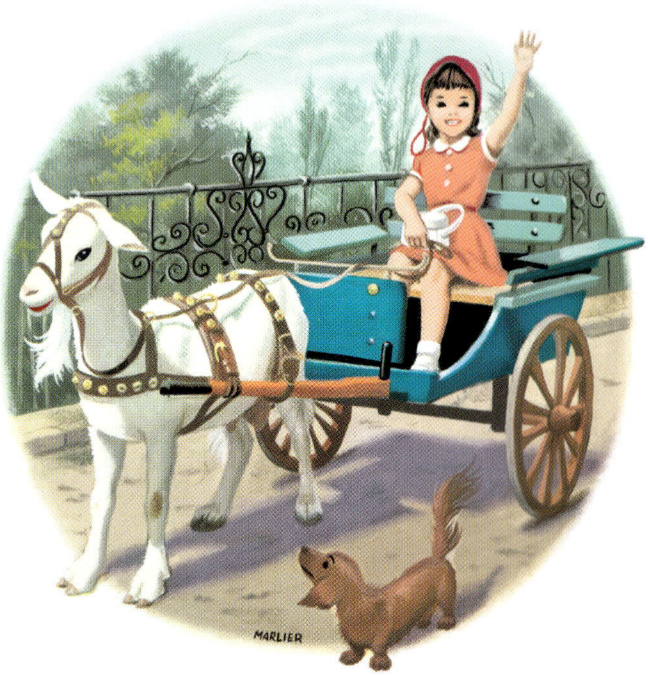
MARLIER

Chaque année, dans la ville de Martine, la foire vient s'installer sur la place du marché.

Les camions arrivent. Ils sont chargés de toutes sortes de machines merveilleuses : des autos, des avions, des balançoires.

C'est le plus beau jour de l'année.

Aujourd'hui dimanche, Martine, Jean et Patapouf sont à la foire. Il faut voir comme ils s'amusent !

Le manège tourne. Les chevaux de bois montent et descendent. Ils ont une crinière blanche, des harnais tout neufs et des étriers.

Les cochons sont fiers de leur queue en tire-bouchon. Ils courent tant qu'ils peuvent pour attraper les canards. On croirait qu'ils ne vont jamais s'arrêter.

Avez-vous déjà été sur les balançoires ?

Sur les balançoires, Martine se sent aussi légère qu'un papillon. Elle prend son élan. Les gens la regardent monter très haut.

Patapouf ouvre de grands yeux. Il pense qu'il va s'envoler par-dessus les roulottes.

Pauvre Patapouf !

Voici le palais du rire.

Jamais on n'a vu ce que l'on va voir. Ici les enfants ne paient pas. Les soldats non plus.

Tout le monde rit :

– Ce petit chien qui se regarde dans le miroir, il est vraiment drôle !

– Il est gros comme un ballon.

– On dirait qu'il va éclater.

Ce sont les miroirs amusants.

Pour faire plaisir à Martine, Monsieur Roberto fait travailler Mimosa, Frisette et Courte-paille, ses souris blanches. C'est un spectacle unique au monde :

– Voyez, Mademoiselle, comme elles sont dociles. Approchez, n'ayez pas peur. Je les mets dans mon chapeau. Prenez garde à votre chien, s'il vous plaît, il pourrait me les croquer.

Après la séance, Martine, Jean et Patapouf vont se promener dans les allées de la foire.

– Hum, cela sent bon par ici.

– Ce sont les beignets aux pommes et les amandes grillées de Monsieur Montélimar.

– Voulez-vous du nougat ? demande Monsieur Montélimar. Il est délicieux. Je viens d'en casser une demi-livre.

– Donnez-moi des beignets et de la barbe à papa enroulée autour d'un bâton, répond Martine.

Un peu plus loin :

– Connaissez-vous le jeu de massacre, Mademoiselle Martine ?

– Non, Madame, je ne le connais pas.

– Je vais vous l'expliquer. Voilà six balles de sciure, une pour la tête de clown, l'autre pour celle de pierrot qui est prête à tomber, et le reste pour celles que vous voulez.

– Désirez-vous tirer au fusil, mon ami ?

– Je veux bien, Monsieur, répond Jean.

– Voici ma carabine, dit le cow-boy. Ici vous pouvez abattre les oiseaux de verre, la pipe en terre cuite, la balle qui danse au sommet du jet d'eau. Vous visez… une, deux… et trois, vous avez gagné. C'est très bien, bravo !

Quoi de plus amusant que de conduire une auto ?
Martine et Jean ont choisi la rouge. Martine appuie
sur la pédale. Elle tourne le volant. Les voilà partis.

– Prends garde aux accidents !

– Combien faisons-nous de kilomètres ?

– Dix kilomètres. C'est indiqué sur le compteur.
Nous avons cinq litres d'essence.

Martine et patapouf n'ont jamais été en avion. C'est trop dangereux. Mais celui-ci est tout à fait à leur taille et il n'y a rien à craindre.

S'il avait été un petit garçon, Patapouf serait devenu aviateur. Il aurait traversé l'océan. Il aurait volé parmi les étoiles.

Qui sait où se cachent les étoiles, le jour quand on ne les voit plus ?

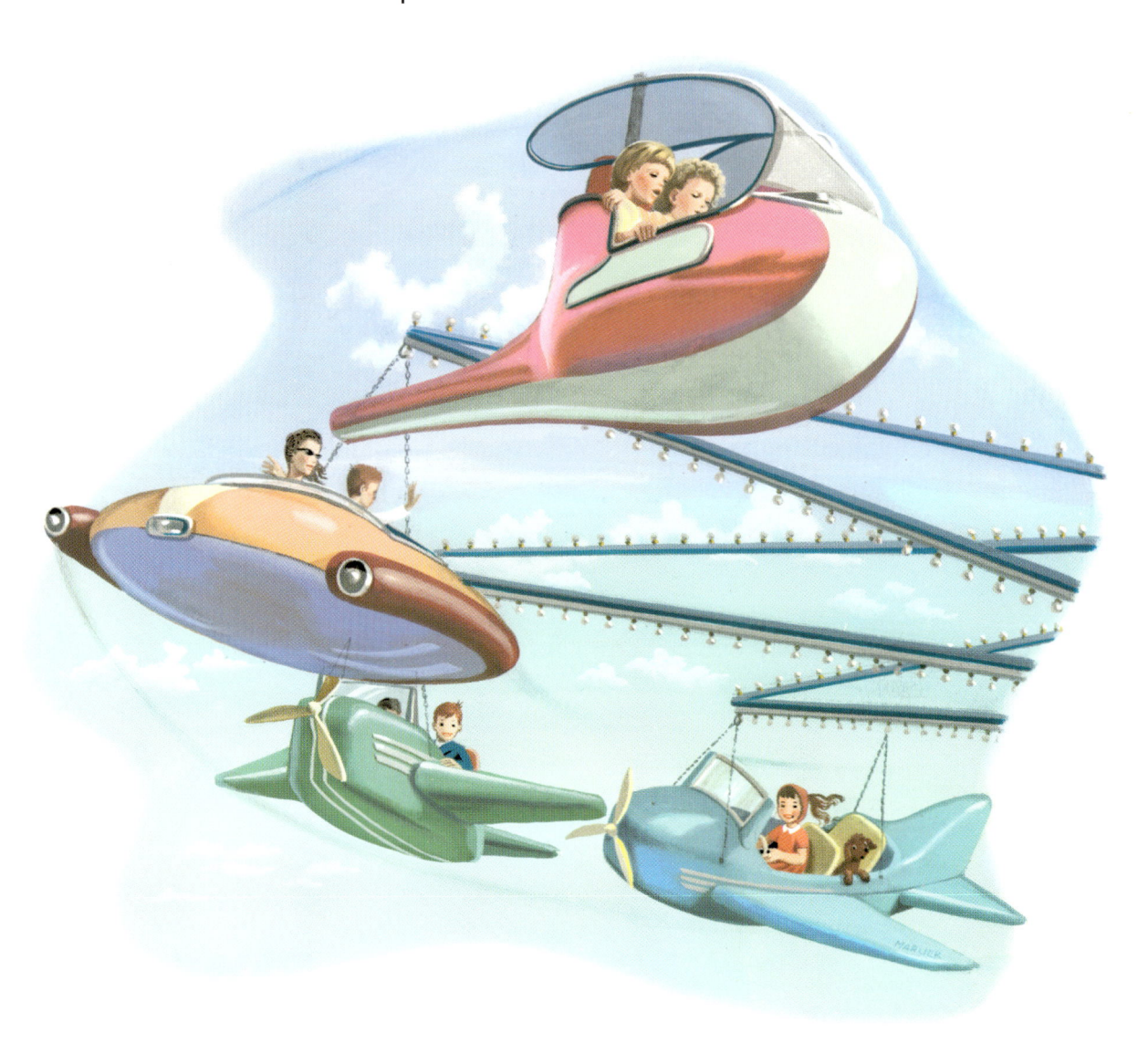

– Martine, voulez-vous m'acheter un billet de loterie ? Voici le numéro huit.

Attention, la roue s'est mise à tourner.

Et savez-vous ce que Martine a gagné ? Un éléphant avec de grandes oreilles. Martine a de la chance, aujourd'hui.

Pourtant voici ce qui vient de lui arriver à la ménagerie :

– Tiens, prends cette banane, a-t-elle dit en s'approchant du singe.

Et, d'un coup de patte, celui-ci a emporté le chapeau de Martine.

Voilà qu'il le met sur sa tête. Il est amusant, ce petit singe ! On dit qu'il a été dressé par un clown. Il n'est pas méchant du tout.

À la foire il y a un nouveau manège. On y voit un autobus, un tank, des vélos.

Mais le scooter est magnifique.

C'est Martine qui conduit. Jean est assis derrière elle, et Patapouf…

Mais où donc est Patapouf ? N'est-il pas monté sur un autre scooter ?

– Maintenant, allons écouter le concert près du kiosque municipal.

Martine aime beaucoup la musique. À l'école, elle apprend le piano et le chant. Jean préfère le tambour ou le clairon.

Déjà les musiciens sont installés.

Ils jouent du saxophone, du cor, de la trompette et de la grosse caisse.

– Qui veut des ballons ?

– Moi, dit Martine.

– Combien en désirez-vous ?

– Un rouge, un bleu et un vert.

– Voilà, Mademoiselle, de jolis ballons. Mais faites bien attention, ils pourraient s'envoler !

Il est temps de rentrer à la maison.

La journée a été si courte !

Avant de quitter la foire, Martine, Jean et Patapouf vont se faire photographier.

– Mesdames et Messieurs, ne bougeons plus, dit le photographe. Patapouf, tenez-vous comme un chien distingué. Vite un petit sourire…

Voilà qui est fait.

Cette photo sera un précieux souvenir.

Martine, Jean et Patapouf sont très contents. Ils se sont bien amusés à la foire. Mieux que l'année passée.

L'année passée, Jean avait été puni. Martine avait mal aux dents et Patapouf avait dû rester à la maison pour leur tenir compagnie.

Cette fois, ce fut une belle journée. Et demain ils auront beaucoup de choses à raconter à leurs amis.

martine
au cirque

GILBERT DELAHAYE - MARCEL MARLIER

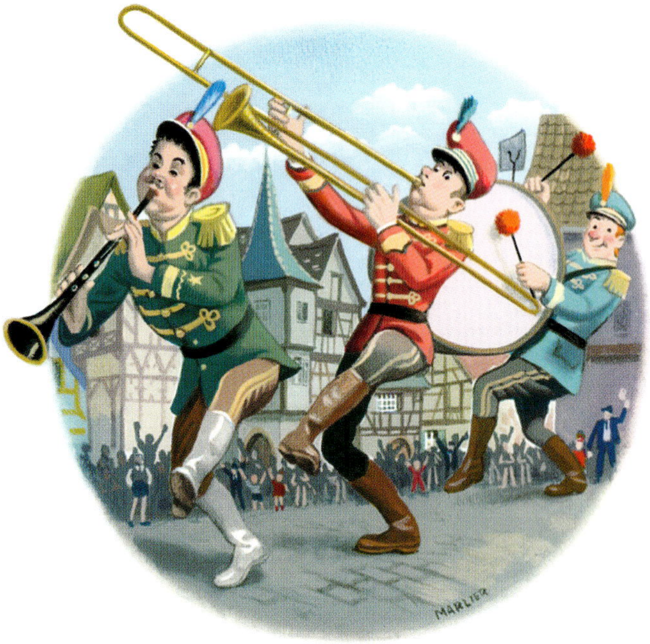
MARLIER

C'est la nuit. Dehors, les étoiles brillent, les fleurs se reposent, les arbres dorment. Dans la chambre de Martine, les jouets sont rangés. La poupée s'ennuie. L'ours en peluche et le lapin bâillent. Dans son lit, Martine fait un songe extraordinaire. Elle rêve qu'elle travaille dans un cirque avec des clowns, des chevaux, des éléphants et des lions.

Dans le cirque de Martine, on a invité les élèves de toutes les écoles. Il y en a jusque tout en haut, près des musiciens. Lorsque tout le monde est assis, on allume les lumières : la blanche, la rouge, la bleue, et Martine s'avance au milieu de la piste. Elle n'a pas peur du tout.
Elle salue à droite, puis à gauche et dit :
– Mes chers amis, la séance va commencer.

Tout d'abord, voici les clowns Pif et Paf.

– Bonjour, Martine. Comment s'appelle ta poupée ?

– Elle s'appelle Françoise. Elle marche toute seule. Elle rit et elle pleure.

– Eh bien ! dit Pif, je vais lui raconter l'histoire de l'éléphant qui a perdu ses oreilles en se baignant dans la rivière.

Lorsque Pif raconte l'histoire de l'éléphant qui a perdu ses oreilles, les musiciens du cirque n'arrivent plus à souffler dans leurs trompettes. Les singes dansent de plaisir dans la ménagerie.
L'ours rit tout seul et balance la tête sans rien dire. A-t-on jamais vu clown aussi drôle?
Même derrière le rideau des coulisses, le dompteur, le nain et le cow-boy écoutent l'histoire de Pif. Elle est tellement amusante!

Pif a terminé son histoire. Vite, Martine va changer de costume dans les coulisses. Là, il y a des robes, des chapeaux, des rubans et Martine s'habille comme il lui plaît.
Dans les coulisses, Martine retrouve son chien Patapouf.
Patapouf aime bien le sucre, mais il préfère marcher sur deux pattes et rouler à bicyclette.

La bicyclette de Martine est toute neuve. Ses rayons brillent comme un soleil. Martine en est très fière. Son papa, qui est équilibriste, la lui a achetée pour son anniversaire.
Quand Martine roule autour de la piste avec son chien Patapouf, les enfants applaudissent si fort que Patapouf n'ose même plus tourner la tête.

Après la promenade à vélo, la partie de patins à roulettes. Patapouf rêve de rouler sur le plancher de la piste avec les patins de Martine. Mais il paraît qu'on n'a jamais vu cela, même au cirque.
– Ce n'est rien, se dit-il. Cette nuit, quand Martine dormira, je vais essayer. Et, foi de Patapouf, je parie que je réussirai.

Martine sait aussi faire danser les chevaux du cirque : le blanc et le noir. Le blanc s'appelle Pâquerette, le noir, Balthazar. Les chevaux de Martine marchent au son du tambour comme les soldats. Ils saluent de la tête et Martine les appelle par leur nom, tant ils sont polis et bien éduqués.

À l'entracte, pendant qu'on prépare la piste, Martine vend des friandises. Elle porte une casquette et un uniforme avec des galons. Un petit garçon lui demande :

– Martine, donne-moi du chocolat aux noisettes, du nougat et un sucre d'orge.

– Voilà un petit garçon bien gourmand !... pense Martine en lui donnant un bâton de nougat.

Quand tous les enfants ont goûté les bonbons de Martine et qu'ils ont été à la ménagerie admirer les tigres, les lions et les ours, on tend un fil au-dessus de la piste.
Soudain, un roulement de tambour. Puis un grand silence.
Martine se met à danser sur le fil. Avec ses chaussons blancs et son ombrelle, elle est aussi légère qu'un papillon. On dirait qu'elle va s'envoler. C'est une vraie danseuse !

Après quoi, Martine appelle Trompette, l'éléphant.
– Voilà, voilà, qu'y a-t-il ? répond l'animal sans se presser.
– Comme tu es en retard ! Nous avons juste le temps de faire une promenade ensemble.
– C'est que, voyez-vous, mademoiselle, j'ai emmené mon bébé avec moi. Et, vous savez, il ne tient pas bien sur ses jambes.

Le cirque de Martine a fait deux fois le tour du monde. On l'appelle le « Cirque Merveilleux ». Les grandes personnes s'imaginent que c'est un cirque tout à fait comme les autres. Cependant, on raconte qu'une fée le suit dans tous ses voyages. Et devinez qui a donné à Martine la baguette magique avec le chapeau, le lapin, les pigeons et les foulards ?

C'est la fée du « Cirque Merveilleux ». Mais il ne faut pas le répéter à n'importe qui.

Voici que les clowns Pif et Paf ont changé de costume. Personne ne les reconnaît. Pif porte un habit couvert de diamants. Paf a mis son pantalon rayé, sa nouvelle cravate et ses chaussures de trois kilomètres.

– Nous allons jouer de la musique, dit Pif.
– Pour Martine et tous nos amis, ajoute Paf.
– Bravo ! Bravo ! crient les garçons sur les bancs.

Martine aime beaucoup les lions. Sans hésiter, elle entre dans leur cage. Comme ils sont paresseux ! D'un coup de fouet elle les éveille.

– Debout, Cactus, au travail… Allons Caprice !
Mettez-vous à votre place. Ne voyez-vous pas qu'on vous regarde ? Mon petit doigt me dit que vous vous êtes encore disputés aujourd'hui. Comme punition, vous allez vous asseoir sur ce tabouret.

Maintenant la séance est terminée.

– Tout le monde s'est bien amusé ? demande Martine.

– Oui, oui, fait-on de tous côtés.

– Nous allons démonter le cirque. Nous partons dans une autre ville.

– Puisque tu nous quittes, voici un bouquet de fleurs, dit un garçon. Et un ruban pour Patapouf.

Après la séance, Martine rejoint son ami Martin.
Quand Martine demande à Martin :
– Quoi de neuf, ce soir ?
– Hélas ! répond l'ours en dépliant son journal, je ne sais pas lire.
– Mon pauvre Martin, il faudra que je t'apprenne l'alphabet !

Martine, Martin et Patapouf vont continuer leur voyage autour du monde avec le cirque. On se bouscule pour les voir partir. Tous les amis de Martine applaudissent. Cela fait tant de bruit que Martine se réveille. Elle se retrouve dans son lit, entourée de sa poupée, de son ours et de son lapin. C'est le matin. Adieu, le Cirque Merveilleux ! Vite, il faut se débarbouiller pour aller à l'école…

martine
à la fête des fleurs

GILBERT DELAHAYE - MARCEL MARLIER

Bientôt ce sera la fête dans la ville de Martine. Justement, on vient de coller une affiche non loin de la mairie. Voici ce que l'on peut lire :

Dimanche 17 juin
À LA ROSERAIE-SOUS-BOIS
à 15 heures
GRAND CORSO FLEURI
Chacun est invité à y participer.
Prière de s'inscrire à la mairie.

– Qu'est-ce qu'un corso fleuri ? demande une petite fille.

– C'est un cortège avec des chars, des voitures, des vélos garnis de fleurs, explique Martine.

– Je voudrais bien participer au corso.

– Moi aussi… Allons nous inscrire.

– Pourquoi pas ?

– Oui mais, les chars, il faudra les préparer.

– Cela ne sera pas facile. Et pour les costumes, qu'allons-nous faire ?

– Écoutez-moi, j'ai une idée.

– Dis toujours, on verra bien.

– Voilà, faisons des croquis avec nos amies.

– Des croquis ? Qu'est-ce que cela veut dire ?

– Cela veut dire des modèles, des dessins, si vous préférez. Pour les chars, il faudra choisir des titres.

– Moi, je propose « Le Chat botté » ou bien « Ali-Baba ».

– Mon char à moi, dit Martine, je l'aimerais comme ceci, avec des fleurs ici et là. Ce sera le « Char japonais ».

– Qu'est-ce que je vais bien pouvoir faire dans le corso fleuri ? se demande Patapouf intrigué.

– Et qui va construire les chars ? Nous n'en sortirons jamais toutes seules !
– C'est vrai ça ! Il faudra qu'on nous aide.
– Montrons ces croquis à nos papas. Ils nous donneront certainement un coup de main, dit Martine.

Vous pensez bien que les papas ne demandaient pas mieux que de rendre service. Ils ont trouvé ce projet magnifique. Aussitôt ils se sont mis à l'ouvrage avec leurs voisins et leurs grands garçons.

Pendant ce temps-là, que font les filles ?

Eh bien, si vous allez vous promener du côté de la rivière, vous y verrez Martine, Nicole, Françoise et leurs amies occupées à la cueillette des fleurs.

Comme elles sont belles en cette saison, les fleurs des prés avec leurs jolis chapeaux et leurs fines ombrelles !

C'est à qui sera la plus coquette :

– Voyez mon nouveau corsage, dit celle-ci.

– Que pensez-vous de ma collerette ? demande celle-là.

Toutes les fleurs à la fois sentent si bon que Martine, fatiguée d'en avoir tant cueilli, finit par s'assoupir. Mais qui fait tout ce bruit à La Roseraie-sous-Bois ?
– ALLÔ… ALLÔ !
C'est l'électricien qui essaie son micro.
Et ce roulement de tambours ?
Ce sont les majorettes en train de s'exercer à défiler dans la rue.
… Vite, allons voir !

Demain, c'est la fête. Mais tout n'est pas encore prêt. On a sorti l'hélicoptère de Nicole et la théière où s'installera Martine.

Encore faut-il les garnir de fleurs, attacher l'hélice de l'hélicoptère et fixer le couvercle de la théière japonaise.

– Chic, dit le petit veau en se léchant le museau, on va pouvoir déjeuner dans les jolies tasses à fleurs.

– En voilà un remue-ménage ! fait Roussette, la vache. Qu'est-ce que cela veut dire ?

– Comment, vous ne savez pas ? Ils préparent le char de Martine pour le cortège. Là-bas, c'est l'hélicoptère de Nicole. Ça, c'est la vieille voiture de grand-père Nicolas. Je parie qu'elle marche encore. Voilà qui serait épatant !…

Enfin le jour de la fête arrive. Toute la ville est pavoisée. Les musiciens viennent de descendre de l'autocar. Le soleil fait briller les cuivres et les boutons dorés des uniformes. Les majorettes se préparent pour le défilé.

Un clairon sonne le rassemblement.

Plus une minute à perdre…

– Dépêchons-nous, Martine, dit Jean, qui vient juste d'arriver avec son vélo fleuri et le chien Patapouf.

Mais Patapouf ne veut pas se tenir tranquille. C'est un petit chien têtu, têtu :
– Moi, rester dans cette carriole ? En voilà une idée ! Je serai ridicule là-dedans !...
Le cortège se met en route. On entend la musique et tous les enfants ont envie de danser... Tiens, qu'est-ce qui s'avance là-bas, tout au bout de la rue ?...

Ce qui s'avance tout au bout de la rue ?
C'est « L'Escargot paresseux » tiré par la troupe des « Nains Farfadets ». Il se dépêche, il se dépêche. Sûrement qu'il sera en retard pour le cortège de La Roseraie-sous-Bois.

Entendez-vous ce bruit de sonnettes ?
Ce sont les « Joyeux Cyclistes de Saint-Guidon-la-Jolie » qui paradent sur leurs vélos... Le dernier, c'est Jean, le frère de Martine... Bon ! Patapouf n'est plus dans la carriole !... Il se sera enfui dans la foule.

Comment le retrouver ?

Tout le cortège défile : les tambours, les majorettes, les porteurs de drapeaux, les chars fleuris, les pierrots et les arlequins.

Vous parlez d'une fête ! Comment ne pas s'y perdre ?

– Eh, Patapouf ! crie un petit garçon dans la foule amusée.

– Je suis là ! Je suis là ! dit Patapouf en actionnant la trompe de la vieille voiture.

Arrive l'hélicoptère. On se bouscule. On applaudit.

N'est-ce pas joli toutes ces fleurs que Nicole jette sur la foule ?
C'est comme s'il pleuvait des pétales de roses et de marguerites.
Cela vole, cela s'éparpille dans les cheveux et sur les visages.
Voici des fleurs-oiseaux, des fleurs-papillons, des fleurs-confettis…
Il en tombe de tous les côtés à la fois.

C'est l'oncle Sébastien qui a construit l'hélicoptère et c'est Nicole qui est montée dedans.
Mais c'est Frédéric, le cousin de Martine, qui a eu l'idée de tirer sur la foule avec ce canon à fleurs.
Qui attrapera le plus de marguerites ?

À mesure que le cortège avance, les spectateurs se pressent de plus en plus nombreux sur son parcours. Il en vient de partout. Il y en a jusque sur les murs. On dirait que toute la ville s'est donné rendez-vous.

– Bonjour, bonjour, fait Patapouf en remuant la queue.

– Ce petit chien dans la voiture, d'où vient-il ?

– C'est Patapouf, le chien de Martine, pardi ! Tu sais, Martine, la petite fille que tout le monde est venu voir passer dans le cortège.

… Regarde, voilà justement son char.

– Oui, c'est elle, je la reconnais ! Elle est ravissante !

Martine fait tourner son ombrelle avec grâce et salue tous ses amis qui sont venus de loin pour la voir dans son costume de Japonaise. Elle envoie des baisers en guise d'au revoir.

Ainsi se termine le cortège de la fête des fleurs. « L'Escargot paresseux » s'arrête. Les joyeux cyclistes descendent de leurs bicyclettes. Les majorettes se dispersent. Martine descend de son char.

Un petit garçon qui jouait du tambour s'est endormi dans les bras de sa maman.

Il aurait bien voulu rester éveillé pour ne rien perdre de cette belle journée qui s'achève. Mais le petit garçon, malgré lui, a fermé les yeux pour de bon. Il entend la musique comme dans un rêve. Et pourtant, ce sont de vrais musiciens qui jouent là-bas dans le kiosque.

Car la fête n'est pas tout à fait finie…

– Venez par ici, mes enfants, dit grand-père Nicolas, nous allons faire un petit tour en ville.

C'est ainsi que ce soir-là, dans la rue des Capucines, on vit passer en un curieux équipage un grand-père, une petite Japonaise, un Patapouf et trois cyclistes de Saint-Guidon-la-Jolie… tandis qu'au loin claquaient les derniers pétards de la fête.

martine
fait du théâtre

GILBERT DELAHAYE - MARCEL MARLIER

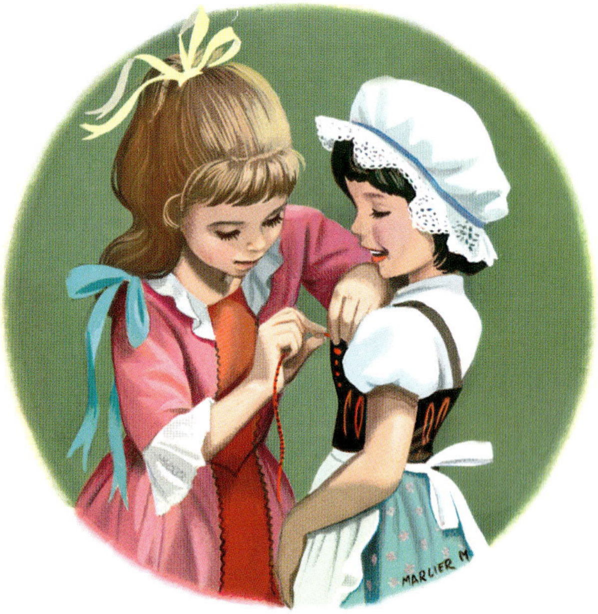
MARLIER M.

Dehors il fait froid. Le vent siffle dans les branches. Les feuilles mortes s'envolent. Les parapluies se retournent.

Sur la route, un petit chien s'ennuie et les gens se dépêchent de rentrer à la maison.

Mais où sont Martine et ses petits camarades ?

Martine, Jean et leurs amis sont allés se mettre à l'abri dans le grenier.

C'est un endroit merveilleux pour jouer quand il fait mauvais temps.

Et puis on y trouve une poupée endormie dans sa voiture, un cheval de bois coiffé d'un chapeau de paille, un vieux piano, un fauteuil, une auto à pédales et toutes sortes de choses amusantes.

— Venez voir, les amis, j'ai découvert ce coffre dans un coin.

— Comme il est lourd ! Tu ne peux pas l'ouvrir ?

— Je n'ai pas la clef, dit Martine. Regardons par le trou de la serrure.

Que peut-il bien y avoir dans ce coffre ? Un trésor, des jouets, des livres d'images ?

– Voilà, j'ai trouvé la clef.

– Ouvrons le coffre, dit Jean.

Clic, clac, le couvercle se soulève… Oh ! les beaux rubans, les chapeaux de paille, les jolis costumes !

Voici des robes, des parures, des foulards multicolores.

– J'ai une idée : Voulez-vous jouer avec moi ? dit Martine. Nous allons faire du théâtre.

Et chacun de se mettre à l'ouvrage.

– Martine, essaie donc cette robe !… Comme tu es jolie ! On dirait une princesse avec son éventail et ses boucles d'oreilles !

Bernard prépare les décors. Jean apporte le cheval de bois, le fauteuil…

Enfin, tout est prêt. Les décors sont en place. Le grenier ressemble à un vrai théâtre.

Toc… toc… toc… la séance va commencer.

La scène se passe dans un vieux château.

Martine, qui joue le rôle de la princesse, fait semblant de dormir sur son lit. Patapouf est allongé à ses pieds. La cuisinière, le marmiton et les gardes se reposent. Pas un bruit. On entendrait une souris grignoter dans l'armoire.

Quand les amis de Martine vont-ils se réveiller ?

On dirait qu'ils attendent quelqu'un depuis des jours et des jours… Et savez-vous bien ce qu'ils attendent depuis si longtemps ?

Ils attendent le prince Joyeux qui revient de la guerre sur son cheval de bataille. Il porte à son côté Lame-de-bois, sa fidèle épée avec laquelle il a vaincu trois généraux.

Depuis deux jours, Longues-Jambes, son cheval, galope à travers la campagne sans manger, sans boire et sans jamais s'arrêter.

Enfin le prince Joyeux arrive au château. Il ouvre doucement la porte de la salle et demande :

– Où est la princesse ?

Martine se relève :

– C'est moi, dit-elle en se frottant les yeux.

Et Patapouf aussitôt de sauter de joie.

La cuisinière, le marmiton, les gardes, tout le monde se réveille.

Car le prince, à l'occasion de son retour, a décidé de couronner la princesse.

Il monte sur l'estrade accompagné de son page et de son écuyer. On l'applaudit très fort :

– Vive le prince, vive le prince !

Dans ses bagages, il a rapporté une couronne ornée de diamants. Il la pose sur la tête de Martine.

– Vive la princesse, vive la princesse !

Après quoi il ordonne de préparer le bal.

On attache guirlandes et drapeaux. Les lanternes vénitiennes se balancent partout. Celle-ci ressemble à un accordéon. Celle-là est toute ronde comme un ballon de football.

– Veux-tu tenir l'échelle ? demande Bernard.

– Je la tiens bien. Tu ne dois pas avoir peur.

Pendant ce temps, la princesse est allée chez la modiste avec sa demoiselle de compagnie.

– Voilà de quoi se parer pour le bal.

– Essayons les chapeaux.

– Comme ils sont drôles, tous ces chapeaux garnis de fleurs et de plumes d'autruche. Je préfère celui-là, avec des cerises.

– Moi, je crois que celui-ci me va très bien, dit Marie-Claire.

– Pour qui la jolie moustache ?

– Pour moi, dit Jean.

– Alors, je prendrai la perruque.

– Dépêchez-vous, dit Martine. Il ne faut pas faire attendre le prince... Et Patapouf, qu'allons-nous mettre à Patapouf ?... Ah ! j'ai trouvé. Nous lui mettrons cette paire de lunettes et ce gros nœud de velours. Regarde-moi bien, Patapouf... Voilà, tu es un véritable personnage. C'est très important pour un petit chien comme toi.

Et maintenant le bal commence. Tout le monde se donne la main pour faire la ronde.

Philippe souffle dans son flageolet :

Les mirlitons, ton ton, tontaine,

les mirlitons, ton ton,

font danser le roi et la reine,

font danser tous en rond.

Les confettis pleuvent. Martine en a plein les cheveux. Les serpentins volent à droite, à gauche. On se croirait au carnaval.

À force de tourner autour du fauteuil, Patapouf s'est entortillé dans les serpentins. En voici un qui se noue à son cou. Un autre le retient par la patte.

Comment faire pour s'en débarrasser ?

Patapouf se débat. Il tire de toutes ses forces. Heureusement, Françoise arrive à son secours.

– En l'honneur de la princesse, je vais jouer un petit air de musique, dit Bernard.

– Bravo, c'est une chic idée !

Bernard dépose son chapeau sur le piano. Puis il s'assied avec précaution pour ne pas chiffonner son costume de gala.

« Do, mi, fa, sol, do. » La jolie musique ! tout le monde écoute avec admiration.

Après la fête, il faut retourner au palais.

– Je vais atteler Longues-Jambes, dit l'écuyer. Que Sa Majesté veuille bien prendre place dans la calèche.

Martine, Bernard, Françoise et Philippe s'installent dans la voiture.

– Attention, nous allons partir !

Les mouchoirs s'agitent. Le fouet claque, la calèche démarre… et le rideau se ferme.

La pièce est terminée. Adieu prince, adieu princesse ! Chacun se déshabille. On enlève les décors.

– Bravo, Martine, tu as bien joué ! Tu étais une vraie princesse ! dit Marie-Claire… Est-ce que je pourrai garder mon chapeau ?

– Bien sûr, répond Martine. Mais il ne faut pas l'abîmer. Tu en auras besoin la prochaine fois que nous viendrons jouer dans le grenier.

martine
se déguise

GILBERT DELAHAYE - MARCEL MARLIER

Ce matin au courrier, il y a une lettre pour Martine. Elle est invitée à un bal costumé qui aura lieu dans deux semaines.
– Comme je suis contente ! pense Martine en lisant la nouvelle.

La joie l'envahit. Elle se sent des picotements plein les bras et les jambes. En même temps, elle a envie de rire, de chanter, de danser.

Il n'y a qu'un seul problème : comment va-t-elle
se déguiser. Alors elle réfléchit.
A-t-elle envie de devenir fée, bergère, princesse, marquise,
chat, clown, Indien, sucette géante ou pièce montée ?
Le choix est bien difficile et elle hésite :
– Que feriez-vous à ma place ? demande-t-elle à Moustache
et Patapouf.
Ceux-ci n'ont pas d'idée sur la question. Ils secouent la tête.

– Si nous prenions conseil auprès de mademoiselle Hortense,
propose maman qui a tout entendu.
Mademoiselle Hortense est couturière. Mais ce
n'est pas une couturière comme les autres :
elle n'habille que les
comédiens et les acteurs,
ces gens qui jouent
au théâtre ou au
cinéma. Chez elle
s'entassent robes,
habits et
chapeaux
en tout genre.

Martine saute de plaisir à la perspective de fouiller dans ce trésor :
– S'il te plaît, maman, allons-y maintenant ! dit-elle.
Mademoiselle Hortense habite une vieille maison aussi étrange que ses chapeaux. Une maison à colombage avec des géraniums aux fenêtres et une porte mauve. C'est joli une porte mauve.
Dans l'escalier en colimaçon, une ribambelle de nuages courent sur le papier bleu de la tapisserie.
Une odeur de vanille flotte dans l'air.

Maman explique le but de leur visite.
– J'ai ce qu'il vous faut, répond mademoiselle Hortense. L'année dernière, on m'a commandé des costumes pour une pièce d'enfants mais personne n'est venu les chercher. Depuis, je les loue... Viens les voir, mignonne.

Elle entraîne Martine dans la pièce voisine :
– Voilà... Veux-tu te transformer en luciole ou en ver luisant ? Préfères-tu être une pâquerette, une coccinelle, un papillon, une jonquille... ? J'ai tout ce qu'il te faut.
– Oh ! s'exclame maman. Je l'imagine bien en jonquille.
Il y a un chapeau en pétales de satin jaune avec une jupe de feuilles vertes et un collant vert. Mais Martine, ravie, a aperçu la longue jupe d'une tulipe rose.
– Comme elle est belle ! murmure-t-elle.

Quelques perles transparentes remplacent les gouttes de rosée. La petite fille tend la main pour les caresser. Mademoiselle Hortense sourit :
– Je vous prête les deux costumes. Vous choisirez tranquillement chez vous, dit-elle.
Elle est trop gentille. Martine l'embrasse.
– Prenez donc une tasse de chocolat avant de repartir, propose encore mademoiselle Hortense.

Les voilà installées autour d'une table ronde couverte d'une nappe brodée. Un vieux monsieur venu essayer un costume de marquis arrive avec un gâteau et s'invite. C'est un voisin, un comédien.
Le temps passe vite en sa compagnie, mais soudain maman se lève :
– Nous devons rentrer, maintenant, dit-elle. Merci pour ce bon moment.

Mademoiselle Hortense enveloppe les costumes. Martine porte fièrement le paquet dans la rue et, en arrivant à la maison, maman l'autorise à faire ses essayages devant le miroir de sa chambre.
– Je prépare le dîner et je reviens te voir, dit-elle.
Martine reste seule avec Moustache et Patapouf.

– Préférez-vous la jonquille ou la tulipe ? leur demande-t-elle.
Ils ne savent pas, ils aiment les deux. D'ailleurs, ils ont toujours pensé que leur petite maîtresse ressemblait à une fleur.
Martine soupire, hésite, tergiverse… La jonquille est très jolie mais sa jupe courte a décidément une drôle de forme :
– J'ai l'air d'avoir des pattes de mouche avec ce collant vert… et même, je ressemble à une grenouille… La longue robe de la tulipe est plus belle.

Martine caresse doucement le satin, tourne, retourne et virevolte à travers la chambre.
Soudain elle s'affole en voyant une déchirure au-dessus de l'ourlet. Est-ce un cauchemar ? Non, il y a un accroc de cinq centimètres au moins dans le bas de la jupe.

– Ce n'est pas moi ! dit Patapouf.
– Ni moi… ajoute Moustache.
La petite fille ne les écoute pas. Son visage s'empourpre. Comment s'est-elle débrouillée pour abîmer le costume ? Sans faire exprès, elle a dû l'accrocher au talon de sa chaussure… Les larmes lui montent aux yeux. D'habitude elle n'est pas si maladroite.
Et maintenant, comment avouer sa bêtise ? Maman sera mécontente et mademoiselle Hortense croira qu'elle ne prend pas soin des affaires des autres. Quelle histoire ! Il faut réparer les dégâts très vite. Martine court chercher sa boîte à couture. Puis elle enlève la jupe, la met sur l'envers, s'applique à coudre de tout petits points pour fermer la déchirure. Heureusement, elle a du fil rose de la même teinte que le tissu, mais Moustache la gêne en essayant de la consoler.

Ce n'est vraiment pas facile.
L'aiguille glisse dans le satin…
elle se pique !
– Zut et zut !…
Elle s'énerve, sort un petit
bout de langue… Enfin, elle a
terminé.
– Tu as choisi ? questionne maman en
passant la tête dans l'ouverture de la porte.
– Non, répond Martine en cachant sa boîte à couture.
– Tu veux que je t'aide à te décider ?
– Pas la peine, ces costumes ne me plaisent plus. Je préfère les
rapporter.
– Mais que mettras-tu le jour de la fête ? s'étonne maman.
– Je n'irai pas à la fête.
Maman est de plus en plus surprise. Elle fronce les sourcils mais
ne questionne pas davantage. Puis, elle retourne surveiller
son gâteau à la cuisine.

– Je cours chez mademoiselle Hortense et je reviens ! crie Martine en sortant.
– Reste bien sur le trottoir, répond maman.
Martine promet. Elle a une grosse boule dans la gorge. Dans la rue, elle marche lentement, tourne à gauche au premier carrefour, fait attention en traversant.

Voilà déjà la porte mauve, l'escalier, les nuages sur le papier bleu, l'odeur de vanille. Mademoiselle Hortense est là-haut, occupée à sa machine à coudre. Martine voudrait lui expliquer la vérité, s'excuser. Mais elle a trop envie de pleurer pour parler. Alors, elle pose le paquet sur la table et se sauve sans un mot.

Dehors, elle hésite. Elle n'a plus envie de rentrer à la maison. Elle voudrait marcher longtemps et ne plus jamais entendre parler de la fête costumée.
– Martine ! On te ramène chez toi ? C'est Nicole en voiture avec son papa. Martine n'ose pas refuser. Elle monte à côté de son amie.

– Tu as une drôle de tête, tu es malade ?
– Non, non…

La voiture s'arrête devant la maison.
Maman est dans le jardin.
Impossible de repartir et de s'en aller très loin.
– Mademoiselle Hortense a téléphoné.
Ça y est ! le drame. Martine n'ose plus bouger.

Martine est étonnée de voir maman lui
sourire. Elle n'en croit pas ses oreilles quand elle entend la suite :
– Tu lui as fait une gentille surprise, elle est très touchée de ton geste.
Peut-être qu'elle n'a pas encore ouvert le paquet ? Peut-être qu'elle
parle seulement du retour des costumes ?
– J'aurais bien voulu voir cette réparation, ajoute maman ;
il paraît qu'elle est formidable.
– Heu…

– En tout cas, tu as réparé la négligence d'une petite fille qui avait abîmé la robe de tulipe.

Martine ouvre de grands yeux :

– C'était qui ? demande-t-elle.

– Je n'en sais rien. Tu n'as pas écouté mademoiselle Hortense raconter l'histoire pendant que nous buvions le chocolat ?

– Non…

Elle n'a pas entendu.

Sans doute, à ce moment-là, écoutait-elle le vieux monsieur.

– Mademoiselle Hortense n'a pas eu le temps d'arranger l'accroc. Elle avait promis de le faire si tu choisissais ce costume.

De soulagement, Martine éclate de rire.

Maintenant elle comprend tout.

Elle est trop contente de savoir que ce n'est pas elle qui a déchiré la robe.

– Je vais t'expliquer la vérité, déclare-t-elle ensuite à maman. Celle-ci réalise mieux la situation après l'avoir écoutée :
– Si c'est comme ça, je rappelle mademoiselle Hortense et je lui annonce que nous avons changé d'idée, décide-t-elle. Dis-moi seulement en quoi tu préfères être habillée pour la fête.
– En tulipe, sourit Martine.
– D'accord…

Maman court téléphoner.
Martine reste au jardin avec Moustache et Patapouf.
– J'ai le temps de vous coudre des petits manteaux de satin rose.
Je pourrai peut-être même vous fabriquer des bonnets assortis et vous viendrez avec moi.
Ses deux amis échangent un coup d'œil inquiet. Parle-t-elle sérieusement ? Plaisante-t-elle ? Ils espèrent bien que oui…

martine
et le cadeau d'anniversaire

GILBERT DELAHAYE - MARCEL MARLIER

Ce mercredi-là, il pleuvait.
Martine avait mis son ciré jaune
et ses bottes vertes pour sortir
avec sa maman.
Elles allaient toutes les deux
choisir une commode
dans un drôle de magasin
plein de vieilles choses.
Cela s'appelait « Le grenier »,
un nom qui faisait penser à fouillis.
Martine aimait les gâteaux,
les poupées et le fouillis.

Justement, pendant que sa maman discutait avec la vendeuse, Martine fouillait. Enfin elle fouillait des yeux, parce qu'on n'avait pas le droit de toucher.

Et elle découvrait des choses bizarres : des vieux chapeaux, des pendules dont on avait envie de bouger les aiguilles, des fleurs séchées, une marionnette rouge sur un piano… et des poupées !

Les poupées étaient anciennes, Martine le voyait au premier coup d'œil. Elles avaient des visages de porcelaine, des robes aux tissus déteints, des cheveux comme de la soie. De vrais cheveux ? Martine avait envie de les caresser. Elle tendit la main.

– Non, Martine, dit sa maman qui avait certainement des yeux derrière la tête.

Martine baissa la main, mais s'approcha davantage. La plus jolie était assise dans un fauteuil de paille. Elle avait les épaules enveloppées d'un châle.

– Maman, j'aimerais tellement avoir cette poupée pour mon anniversaire… s'il te plaît…
Sa maman était à côté d'elle maintenant. Elle disait :
– Elle est très belle, c'est vrai. Quand j'étais petite, ta grand-mère en avait une toute pareille au grenier et un jour l'oncle Armand l'a cassée.

Martine sentait son cœur battre très fort. Sa maman comprenait. Elle demandait à la vendeuse :

– Combien coûte celle-ci ?

Dans sa tête et dans son cœur, Martine avait déjà baptisé la poupée « Élisabeth ». En même temps, ses bras la picotaient, comme envahis par des fourmis, tellement elle avait envie de la serrer contre elle, de la câliner. La vendeuse souriait :

– Je suis désolée, madame, mais ces poupées sont vendues. Un collectionneur les a vues dans la vitrine. Il doit revenir les prendre ce soir.

Et elle continuait à sourire ! Comment le pouvait-elle alors qu'une boule affreuse serrait la gorge de Martine qui s'empêchait de pleurer.
– Ne sois pas triste, chérie, dit sa maman. Nous en trouverons une autre.
Puis elles sortirent du magasin sous la pluie. La rue était grise. Martine n'essayait même pas de sauter par-dessus les flaques.

– Si on s'offrait une petite tarte aux noix ?
Martine remuait la tête : non, non…
– À la banane, alors ?
Non, non continuait à faire la tête de Martine.
– Tu es malade, ma puce ?
– J'ai du chagrin.
Personne au monde n'était capable de mesurer ce chagrin.
Un vrai. Un grand. Un chagrin à vous couper l'envie des gâteaux, des plateaux chocolat-confiture devant la télé ou des dessins animés. Un chagrin qui n'est pas un caprice, quoi !
Elles rentrèrent à la maison.

Dans la soirée un monsieur vint livrer la commode achetée par maman. Martine ne l'avait pas regardée dans la boutique. Là, elle vit que les tiroirs s'ouvraient avec de gros boutons « comme sur les images de son livre préféré ». Alors, elle oublia une seconde la poupée et ouvrit le premier tiroir.

Elle n'en crut pas ses yeux : au milieu d'un paquet de vieilles dentelles était allongée UNE POUPÉE ! Pas aussi jolie que celle assise sur le fauteuil de paille, pas aussi grande non plus. Pourtant elle avait bien une tête à s'appeler Élisabeth et à attendre les deux bras d'une petite fille pour être cajolée.

Martine était seule, sa maman était redescendue avec le livreur. Vite, elle prit la poupée et courut la cacher sous son lit.
Quand elle revint en courant, sa maman dit :
– Tiens, ils ont oublié de vider la commode avant de la livrer !
Elle tenait les vieilles dentelles à la main.

– Tu vas les garder ? demanda Martine.
– Naturellement non. Ce serait un vol. J'irai les rendre demain au magasin.
Bon. Martine non plus n'était pas une voleuse et cependant…
Elle pensait :
– Élisabeth est à moi. C'est MA poupée. Je ne la donnerai plus jamais.
Mais elle ne pouvait pas jouer avec elle. Tout le monde l'aurait vue. Elle ne pouvait pas non plus s'endormir en la tenant dans ses bras parce que ses parents venaient l'embrasser dans sa chambre.
Et où allait-elle la cacher le samedi, jour où sa maman passait l'aspirateur sous son lit ?

Martine eut des cauchemars terribles toute la nuit, puis encore la nuit suivante.

À chaque fois les petites filles de son école couraient derrière elle en criant : « Voleuse ! » et en la montrant du doigt.
Martine se réveillait en larmes. La boule était revenue dans sa gorge et ne partait plus.
Vraiment, ce n'était pas possible de vivre ainsi.

– Ça ne va pas, Martine ?
questionnait la maîtresse
en classe.
– Ça ne va pas, Martine ?
s'inquiétaient ses parents à la maison.

Non, ça n'allait pas. Et Martine savait bien ce qu'elle devait faire. C'était affreux, réellement affreux, mais il n'y avait pas d'autre solution. Elle attendit que sa maman sorte donner des graines aux oiseaux dans le jardin. Puis elle remit son ciré jaune, ses bottes vertes, tira Élisabeth de sa cachette, ouvrit la porte de la rue et courut, courut, courut… jusqu'au magasin grenier-fouillis.

Il y avait un grand monsieur barbu à la place de la vendeuse de l'autre jour.

– Bonjour, monsieur. Je viens vous rendre Élisabeth… enfin la poupée que vous avez oubliée dans le tiroir de la commode de ma maman.

Elle posa Élisabeth sur une petite table, tourna les talons et repartit aussi vite qu'elle était venue. À la maison, sa maman n'avait même pas eu le temps de s'apercevoir de son absence. Maintenant Martine n'était plus une voleuse mais elle avait toujours la boule dans la gorge.

Elle s'allongea sur son lit. À côté, elle entendit un coup de téléphone. Sa maman répondit et passa sa tête par la porte :
– Je sors une minute, ne t'inquiète pas, ma chérie. Je reviens tout de suite.
« Je suis malade et je serai malade le reste de ma vie », pensait Martine.
Sa maman pouvait sortir autant qu'elle le voulait ; elle, elle ne bougerait plus jamais. Et elle finit par s'endormir.

– Martine, tu viens…
C'était déjà l'heure du dîner ? Martine passa de l'eau sur ses yeux rouges et se décida à rejoindre ses parents dans le séjour. Mais que se passait-il ? Mamie était là aussi ?
Et tante Delphine.
Et tonton Guillaume. Et…

– Joyeux anniversaire, Martine !
– Bon anniversaire, mon lapin !
Martine n'en revenait pas. Elle avait complètement oublié. C'était même la première fois qu'elle oubliait une chose pareille. D'ailleurs, comment fêter son anniversaire alors que son cœur était prêt à déborder de larmes ?

Ils avaient tous des cadeaux dans les bras et
maman souriait :
– Tu vas être contente.
Par politesse, Martine défit les emballages.
Il y avait des puzzles, des livres,
des bonbons comme d'habitude…

Et le dernier paquet, celui de maman. Elle fit sauter la ficelle :
– Oh !
Élisabeth était là, au milieu des papiers de soie.
– Tu as de la chance, expliquait sa maman. Les gens de cette boutique ont été très aimables. Je leur avais demandé de me prévenir s'ils trouvaient une autre poupée avant ce soir et tout à l'heure un monsieur a téléphoné…

Martine serrait Élisabeth contre son cœur.
Elle n'avait plus de boule dans la gorge.
Elle trouvait la vie tellement belle qu'elle avait envie de chanter.
Et dans les yeux de verre de la poupée de porcelaine, il y avait aussi un sourire heureux. Parce que les poupées, bien sûr, aiment toujours les petites filles qui les aiment très fort.

martine
découvre la musique

GILBERT DELAHAYE - MARCEL MARLIER

Voici les vacances. Le papa de Martine a installé sa caravane sur le terrain de camping à la Grande Sapinière.
Martine a retrouvé ses amies Christine et Muriel.
À cette heure de l'après-midi, le camping est désert.
– Que se passe-t-il ? demande Christine, au retour de la baignade.
– Papa dit qu'il y a un défilé de fanfares à la ville voisine. Vous venez avec nous ?

– Dépêchez-vous ! Nous allons être en retard.
Vite, les bicyclettes et en route pour la fête.
Les curieux se pressent. Ils attendent que le défilé commence. Il en vient de partout : de la ville, des villages voisins, de la campagne. Les trottoirs sont envahis de touristes. Les uns bavardent. Les autres s'impatientent.

Comment trouver une place dans cette foule ?
– Venez là, mes enfants, dit une vieille dame. D'ici vous pourrez assister à la parade.
Les cuivres brillent. Une sonnerie résonne. La fête commence.
– Que veut-il, celui-là ? demande Patapouf… On dirait qu'il me fait signe.

La fanfare défile. Les tubas et les trombones à coulisse ouvrent la marche. Écoutez les tambours qui battent la mesure, les cymbales qui applaudissent, le carillon qui sonne. (Boum, boum, boum, vous entendez la grosse caisse ?)

Le trompettiste, le joueur de cor, le saxophoniste ont fière allure dans leur costume de fête.

Le cortège s'arrête. C'est la pause. On entoure les musiciens et les majorettes :
– Quel instrument bizarre ! Qu'est-ce que c'est ?
– C'est un bombardon.
– C'est dangereux ? demande Patapouf.
– Pas du tout. En voilà une question !

– Cet entonnoir, c'est pour quoi faire ?
– C'est une trompe de chasse.
– Une trompe de chasse !... Pour tirer sur les lapins ?
Vraiment Patapouf n'y connaît rien en musique.
– Tu me prêtes ton clairon ? demande Martine.
– Le clairon, c'est facile. Il suffit de souffler dedans.
– Oui, mais, il faut avoir la manière !...

… Le violon, c'est mieux. Ou peut-être le violoncelle ?
– Tu aimes vraiment la musique ? demande la monitrice des majorettes.
Ma cousine Isabelle est violoncelliste. Elle participe au concert.
J'ai deux invitations. Viens avec moi.
Martine arrive au concert comme convenu.
– Où est ta cousine ?
– C'est celle qui a une robe blanche… tu la vois ?…
– Chut !… On ne parle pas pendant le concert !

À l'entracte, Martine fait la connaissance d'Isabelle.
– Comment devient-on violoncelliste ?
– Viens donc à la maison mardi, je t'expliquerai. Nous avons le temps. Ce sont les vacances.
– Je veux bien, dit Martine.
– N'oublie pas de prévenir tes parents… C'est d'accord ?
– D'accord. Je les avertirai.

Le concert terminé, Martine se dépêche de retourner au camping. Il se fait tard. Finie la fête...
Pas tout à fait. Voici de joyeux accordéonistes qui ne demandent qu'à s'amuser encore un peu.
– Veux-tu que l'on joue la danse des canards ?
– Je dois rentrer, dit Martine. C'est l'heure.
– Allons ! Ce n'est pas tous les jours la fête.

Papa et maman, inquiets et fâchés, attendent Martine devant la caravane :
– Tu es en retard. Qu'est-ce qui t'arrive ? Tu es tombée à vélo ?
– Mais non. Tout va bien. J'ai fait la connaissance d'Isabelle.
– Isabelle ?… Qui est-ce ?
– C'est ma nouvelle amie… Je l'ai rencontrée au concert. Elle joue du violoncelle. Elle veut bien m'apprendre… Est-ce que je peux aller chez elle mardi ?
– Tu vas déranger ces gens !
– Mais non. Isabelle est très gentille. Et puis, elle dit que c'est les vacances… Tu veux bien ?…

Le papa de Martine a téléphoné chez Isabelle. C'est son grand-père qui a répondu :
– Si nous attendons Martine ? Bien sûr ! Qu'elle vienne à la maison quand elle veut. Isabelle m'a parlé d'elle.
Nous déranger ? Pensez donc ! Ma petite-fille sera très heureuse de lui donner des conseils…
Papa est d'accord : Martine peut rendre visite à sa nouvelle amie.

– Commençons par un jeu pour voir si tu as de l'oreille, suggère Isabelle.
– Versons de l'eau dans ces verres. Celui-ci à moitié. Celui-là aux trois-quarts. Encore un autre jusque-là.
– Et ensuite ? interroge Martine.
– Fais tinter ce verre-ci… Écoute celui-là… Tu entends la différence ?…
Il existe des sons aigus, des graves, des intermédiaires. Les compositeurs transcrivent les sons sur du papier à musique au moyen de signes appelés notes…
Maintenant j'ai une surprise pour toi.

– J'ai commencé à jouer du violoncelle quand j'avais ton âge, dit Isabelle. J'étais très fière quand j'ai reçu mon premier instrument.
– Et qu'en as-tu fait ?
– Nous l'avons conservé. Grand-Père disait :
« Garde- le. Un jour peut-être tu seras contente de le retrouver. »
– C'est celui-là ? demande Martine.

– Oui. Je suis sûre qu'il te conviendra. Il est encore un peu trop grand pour toi. Mais cela devrait aller.
– Je peux l'essayer ?
– Bien sûr, mais auparavant, il faut le remettre en état.
– Que fais-tu ? dit Martine.
– Je remplace les cordes qui sont cassées. Ensuite je vais accorder l'instrument.

En quelques jours, Isabelle et Martine sont devenues d'excellentes amies. Martine attend chaque leçon avec impatience.
– Pourquoi fait-on glisser les doigts le long de la touche ?
– Cela raccourcit la portée de la corde. Selon la position des doigts, on obtient les différentes notes.
– J'aimerais bien jouer quelque chose.
– Essaie donc d'exécuter une gamme correctement en pinçant les cordes. Tu entends comme elles vibrent ?... Recommence. Exerce-toi... La prochaine fois je t'apprendrai comment tenir ton archet.

Deux, trois fois par semaine, Martine se rend chez son amie. Elle apprend des tas de choses.
– Fais glisser ton archet sur les cordes.
– Oh là, là, ça grince !…
– Ne sois donc pas si raide. Détends-toi !
Martine déchiffre encore avec peine une partition. Pas facile ! Les notes courent sur la portée comme des mouches. L'archet, les doigts, la mesure, quel casse-tête ! Voici deux semaines qu'elle s'exerce avec application.

Cette nuit-là, tout le monde dort dans la caravane et Martine fait un rêve étrange. Elle joue du violoncelle devant un paysage de montagnes. Martine éprouve une sensation merveilleuse.
Soudain, un doigt se place de travers sur la touche. Une corde pleure. C'est la fausse note.
– Hou ! Hou ! Mauvais !... Mauvais !...
fait patapouf.

Le lendemain, Martine arrive chez Isabelle l'air préoccupé.
– Quelque chose ne marche pas ?... Raconte-moi.
– Je crois que je n'arriverai jamais à jouer du violoncelle. C'est trop difficile. Cela me donne des cauchemars.
– Mais non ! Ne te laisse pas décourager par un mauvais rêve. Au début ce n'est pas facile. Il faut de la patience.
– Allons, dit Grand-père, venez goûter.

Les jours passent. Quand le temps est beau, on s'installe au jardin, Isabelle a raison : Martine fait des progrès. Grand-Père est du même avis. Pourtant, quelque chose chiffonne Martine : la fin des vacances approche.

– Pourquoi te tracasser ainsi ? s'inquiète Isabelle.
– Je ne serai jamais violoncelliste, répond Martine. Les vacances ont été trop courtes ; je ne suis encore nulle part et Papa ne voudra pas que je m'inscrive au conservatoire.
– Pourquoi pas ?... Il doit y avoir une solution. Je vais en parler à Grand-Père. Il a toujours d'excellentes idées.
Grand-Père décide d'aller voir le papa de Martine.

Lorsque Grand-Père arrive au terrain de camping, Papa est déjà en train de préparer la voiture pour le retour des vacances.
Il invite le vieux monsieur à discuter dans la caravane. Papa et Maman l'interrogent sur les progrès de Martine.
– Justement je viens à ce propos. Martine a des dons pour le violoncelle.
– …
– Si, si. Croyez-moi. Ce serait dommage qu'elle ne continue pas. Pourquoi n'irait-elle pas au conservatoire à la rentrée ?
– Le conservatoire, soit !… Mais le violoncelle ?
– Pour le violoncelle, nous allons arranger cela.

Grand-Père, à son retour, annonce :
– Pour le conservatoire, ton papa est d'accord, Martine.
– Oui mais, comment faire sans violoncelle ?
– Je te prêterai celui-ci le temps qu'il faudra, propose Isabelle. Il est bien trop petit pour moi… Si tu n'acceptes pas, cela me fera de la peine.
– Oh ! merci, dit Martine en rougissant de plaisir.
Ainsi se terminent les leçons de violoncelle…
et les vacances
– On se reverra, n'est-ce pas Isabelle ?
– Bien sûr, Martine. On se reverra.

martine
la nuit de noël

GILBERT DELAHAYE - MARCEL MARLIER

L'hiver, le soleil se lève tard, se couche tôt. Le vent du nord glace les bois et les prés. La musique de l'eau s'arrête.
La vie n'est pas facile pour les oiseaux et les bêtes des champs. Plus d'hirondelles. Plus de fleurs. Plus de papillons.
Pourtant, l'hiver n'est pas toujours triste. Sous la neige, les toits, les arbres, la campagne, tout est blanc.

Noël approche. Papa, Martine et Jean sont en vacances.
– Nous allons essayer la luge sur la pente de la colline.
– Comment va-t-on s'arrêter ? demande Patapouf.
– Attention, les enfants !… Tenez-vous bien !

Le soir, la famille se réunit auprès de l'âtre.
– Quand j'étais enfant, dit papa, l'hiver commençait tôt. Le gel prenait vite. Il suffisait de quelques jours. La neige tombait en abondance.
Papa est allé chercher un album de photos.
– Là c'est moi, à côté du bonhomme de neige.
– Et là, qui est-ce ?
– C'est maman. Elle patine sur l'étang. c'était une excellente patineuse… Elle avait à peu près votre âge à cette époque.
– Je me le rappelle, dit maman… Au fait, où sont passés mes patins à glace ?… Vous les trouverez peut-être au grenier…
– Au grenier ?… Allons voir.

Dans le grenier,
il fait sombre.
– Qu'est-ce qu'on entend ?
demande Patapouf.
– Ce n'est rien. C'est le vent qui gémit
dans la charpente.
– Il vaudrait mieux s'en aller.
– Si on retrouvait les patins de maman,
ce serait bien, non ?…
Cherchons encore.
– Ce vieux monsieur, qui est-ce ?
– Ce doit être le portrait de l'oncle Gilbert.
– Comme il a l'air sévère !
– Il avait peut-être
des soucis ?

Hélas ! les patins sont introuvables.
– C'est l'heure d'aller au lit, Martine.
Dehors, la nuit scintille. La lune se lève à l'horizon.
Dormir ? Dormir ? Facile à dire… Martine imagine papa et maman patinant sur la glace.
Ils sont encore tout jeunes.
Comme dans un rêve.
– Ah ! si j'avais des patins !
soupire Martine.

Le lendemain matin, Martine a décidé de s'adresser au Père Noël. Lui téléphoner ? Où donc ? À quel numéro ?
Dans l'annuaire, il est indiqué : « LE PÈRE NOËL. Grand choix de jouets anciens et modernes. Téléphoner au 00 11 22 33. »
– Quel drôle de numéro ! Essayons quand même…
– Allô, allô ! Le Père Noël ?… M'entendez-vous ?
– Je suis le répondeur automatique. Le Père Noël est absent. Laissez-moi votre message.
– J'aimerais recevoir des patins à glace pour Noël, s'il vous plaît.
Tout à coup, on frappe à la porte.
C'est François. Il est hors d'haleine.
– Martine, Jean, au secours ! Venez vite !
– Que se passe-t-il ?…

– Patapouf est tombé à l'eau. Il va se noyer.

Martine et Jean suivent François jusqu'à l'étang.

– Je passais à bicyclette. J'ai vu le chien poursuivre une mouette sur la glace, explique François. J'ai crié : « Patapouf, reviens, reviens !... » Il n'a rien voulu entendre.

La glace était trop fragile. Elle a craqué. Patapouf est passé au travers.

Le pauvre ! Comment le tirer de cette mauvaise posture ?

Sautons dans la barque.

Il faut lui tendre une rame.

– Donnez-moi l'épuisette, dit Martine.

On ramène l'imprudent sur la terre ferme. Il ne bouge plus. Patapouf! Patapouf! Il ne reconnaît même plus la voix de sa maîtresse. C'est comme s'il n'entendait rien.
– Vous croyez qu'il est mort?
– Mais non… Il respire un peu.
– Il a dû avaler une fameuse tasse!
– Ne restez pas là comme ça!… supplie Martine. On devrait lui faire le bouche à bouche. Ou bien le suspendre la tête en bas.
– Il faudrait plutôt le frictionner.
Ça va le réchauffer, dit François.
Et maman n'est pas à la maison.
Papa non plus.
Courons chercher de l'aide…
Tout seuls, on n'y arrivera jamais…

En chemin, les enfants arrivent devant un château. Ils aperçoivent une tour, une galerie à l'étage et, au-dessus de la porte, une lanterne.
Un château ? Non. Plutôt une ferme.
Il y a une vitre fêlée à cette fenêtre.
Ce traîneau, à quoi peut-il servir ?

– Qui donc habite cette grande maison ?
– Frappe toujours. On verra bien.
– Y a-t-il quelqu'un ?
On dirait que non…
– S'il vous plaît, ouvrez-nous !… On ne peut pas attendre. Ce petit chien est très malade.

À vrai dire, la porte n'est pas tout à fait fermée.
Sur un avis, on peut lire : « En cas d'urgence, entrez sans frapper. »
Martine, Jean et François sont entrés sur la pointe des pieds.
Martine a déposé Patapouf sur le sol couvert de paille.
Avec une poignée de foin, elle frictionne le petit chien pour le ranimer au plus vite…

– Je me sens beaucoup mieux, dit Patapouf.
– C'est vrai qu'il a l'air de reprendre vigueur !
Tout de même, son imprudence aurait pu lui être fatale.
– La prochaine fois, tu réfléchiras. On ne se lance pas sur la glace de l'étang sans vérifier si elle est assez solide.

Voilà Patapouf remis sur pied.
Il va. Il vient.
Il court dans tous les coins.
— Regardez. J'ai trouvé une vache avec des branches sur la tête.
— Ce n'est pas une vache, gros bêta ! C'est un cerf, explique Martine.
— Non. C'est un renne, corrige François.

Un château qui est une ferme. Une porte qui s'ouvre toute seule. Un renne au pays des vaches. Tout cela n'est pas normal.

Allons voir ce qui se passe dans la salle voisine… Peut-être…

– Wouah !

Il y a des marionnettes (avec des chapeaux de paille, des casquettes, des gibus), une sorcière sur son balai, des poupées, encore des poupées, plein les rayons. Elles s'appellent Nicole, Françoise et Marie-Ange.

– Celle-ci, on dirait qu'elle respire.
– Mais non, dit Jean, tu te fais des idées.

– Qui peut bien habiter ce château fort ?
– Le marquis de Carabas ou la Belle au bois dormant ?
– Non, c'est un prince du Moyen-Âge et sa cour : des chevaliers, des trouvères, des bouffons et des hommes d'armes.
– Où vont-ils, ces cavaliers ?
– Ils vont à un tournoi, pardi !
– Ou bien à la chasse au dragon ?

– Une voile à bâbord !
– Ce doit être *l'Etoile-du-Sud* qui revient de l'île au Trésor.
– Peut-être que ce voilier transporte des pierres précieuses, de l'or, de l'ivoire ?
– Tout le monde sur le pont ! Hissez le pavillon noir ! Ça va chauffer, les gars !
– Qu'est-ce que le pavillon noir ? demande Patapouf.
– C'est le drapeau des pirates.
– Non mais, dit Martine, vous rêvez ou quoi ? Ces maquettes appartiennent au propriétaire de la ferme.

– On se croirait chez un marchand de jouets. Ces paquets sont prêts à être expédiés. Ils portent même des étiquettes !
– Celui-ci est adressé à « Marianne, Ferme d'En-Haut, à Chassepierre ».
– Celui-là est « Pour François, à Varengeville, rue des Peupliers ».
– Regarde ! Il est écrit : « Pour Martine » ! et là : « Pour Jean » ! Ça, par exemple !
– Ce robot est « Pour Jean-Louis, le fils du garagiste ».
– Ce manteau, n'est-ce pas celui du Père Noël ?…

– Ces jouets lui appartiennent sûrement. Nous avons commis une grosse bêtise ! dit Martine.
– Surtout, pas un mot de ceci à quiconque. C'est promis ?
– Oui, oui, nous le promettons sur la tête de Patapouf !
Et maintenant, silence ! Il est tard. Rentrons à la maison…

Quelques jours passent.
Martine tricote une écharpe arc-en-ciel. Une écharpe pour qui ?
– Pour le Père Noël, bien sûr !

Il fait de son mieux pour satisfaire tous les enfants.
Il aimerait sûrement recevoir un cadeau à son tour…
Et toi, que lui as-tu préparé ?
– C'est un secret.

La nuit de Noël arrive.
– Rencontrer le Père Noël, ce serait chouette !
– Quand il entrera, on lui fera la fête.
– Le Père Noël viendra-t-il ?
– Pourvu qu'il n'ait pas oublié mes patins à glace !…

C'est long, la nuit, quand on attend de la visite. On écoute les bruits de la rue, le tic-tac de l'horloge. Les paupières sont lourdes. Les enfants s'endorment.

– Réveillez-vous ! Réveillez-vous !
J'ai vu passer le Père Noël !
– C'est vilain de mentir, Patapouf.
Mais Patapouf n'a pas menti.
Le Père Noël est entré dans la maison.
Il a déposé des cadeaux. Une lettre :
« Chers enfants. Aujourd'hui, c'est un beau jour. Voici pour chacun une paire de patins et des friandises. Gros bisous… »
Ah ! Si on avait pu embrasser le Père Noël !
L'hiver annoncé par Monsieur Météo arrive à pic.
Une saison vraiment exceptionnelle !

Il gèle dur, sec et profond.
Non. Patapouf ne mettra pas les pieds sur la glace.
Plus… jamais…
Martine essaie de patiner. Pas facile !
Sur la photo, maman glissait avec tant de grâce et de légèreté !
Sans doute, quand Martine aura pris quelques leçons d'équilibre, tout ira beaucoup mieux !
Au loin, on entend s'en aller le traîneau du Père Noël.

Imprimé en France par Pollina - n° L96892-E
Dépôt légal : septembre 2004 ; D. 2004/0053/233.

Déposé au ministère de la Justice, Paris
(Loi n° 49.956 du 16 juillet 1949 sur les publications destinées à la jeunesse).